ふたりであるもの

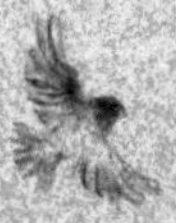

吉田文憲

思潮社

目次

装画・装幀＝福山知佐子
見返し写真＝西村光「花輪線列車」
（一九六九年二月一日撮影）

ふたりであるもの

ふたりであるもの

呼気であり、火であり、残された時であるもの
「契約《アリアンス》」の、ふたりであるもの

これもまた、入眠の、儀式だろうか

……………

ふるえるということは、空に呼びかけることだろうか

（もう告白もできなくなった）

（もう告白もできなくなった）

仮死とはふたりして鳥語をかたることだろうか
「遅きにおいて、うたうこと、ではなくて、退きにおいて、なお黙ること」
「人間の開示」「蛇を走らせる空間」「垣根のむこうに死んだ人の眼鏡が浮かんでいる」
最後の痕跡にむかって生き延びてゆくものの姿を仮装する
なにも見ていないのだろうか、もうなにも見えないのだろうか
わたしたちは無限に遠くまた存在も疑わしい絵のなかにいる

だれがここに歩いてきたのか
だれとともにここまで歩いてきたのか

白く発光する海岸線はだれの夢の跡だろうか
あえぎあえぎあのひとはわたしになにを知らせようとしていたのだろうか

音（ずれ）

羽毛のはえた手がいまその下でたどたどしい文字を書いている——
そこにその文字とともに音とともにやってきたものの
ここにいない影があるのだ——

だれが呼び寄せていたのだろうか、だれがだれを呼んでいたのだろうか
記憶が化けて犬の姿をしてあるいている
街道のぬかるみを、泥、どろ
畦道で、
幻の耳が聴いている遠い馬の嘶《いなな》き、（そう、書いた）

そのうえを白いものが飛んでいる
泣きながら、耳はふしぎなことばを聴いていた、「ごめんしてけれ、ごめんしてけれ」
花の息が、手を揺らす　（フリージアのにおい）
「どんな悪いことしたの」（母の写真立てのむこうからパラパラと霰《あられ》のふる音がする）
あのとき、小さく縮まった顔が萎れた紫陽花の下に立っていたことをあなたは知っているだろうか
忘れられた風鈴が眠りのなかでひそかに鳴りつづけていたことをあなたは知っているだろうか

（遠い町の羽毛のはえた手は）ふるえる蜘蛛の巣のむこうへ行って帰ってきた
馬の影のさまよう雪野原の方から帰ってきた

だれの息づかいだろう

いない人の影が窓ガラスや煉瓦の呼吸のなかを通ってゆく

試されていたのだろうか――
ここでわたしは試されているのだろうか――

林檎の息のにおいのする町

あなたがいないから
ここでは、
消滅もまた詩句になるのだ

音を消しては、遠い部屋のだれかの息のようにまたたいているかき消えたのは、あなたの記憶だろうか。憑依され、その憑依の持続のなかに、残された文字、残されなかった文字。ここが「ここ」から不意に分離されてしまうということ。あなたの姿はそこで見えないものとなってふるえていたのでしょう。水音のむこうにかすかな静寂を聴いていたのでしょう。そこに訪れたものの小さな鼓動を記して、わたしたちは別の宇宙にいたのかもしれない。頭上にうなるようなどよめきを聞いた。道に二匹の蝶がもつれていた。杖を突き、わたしは損傷したままの足を引きずり歩いていた。

雨雲のむこうにふるえながら隠れているもの

空を光りながら移動する黒い磁力のようなもの

…………………………………

あそこではいまだれの呼吸が脈打っているのか

製材所へ続く切通しの道。そこをふたりして歩いた。いない人と歩いていた。ときおり川が陽炎のようにゆらめく。手は宙を掻くようにもがいていた。ただ倒れるために歩いていた。夜明けまで、ちいさくなってゆく、ちいさくなってゆく。天上の駅舎まで。雪が舞う。雪道に足跡を残して消えてゆく人の姿は青い光に包まれた。まだ来ないものの姿を求めて、その人は山裾の灰色の空の下を歩いていた。

背に黒い鳥の影を背負っていた。林檎の息のにおいのする町。わたしのいのりを生きているもの。ない耳は、空に遠い子どもたちの声を聴いていた。

どのようにしたらあなたがここにいたことを語れるのか
どのようにしたらあなたがここにいたことを語れるのか

山の稜線から光が湧き立ち、それが赤い条となってふるえていたことを覚えている。

あなたの姿が遠くから帰ってきて、また見えなくなったことを覚えている。

……………………………………

あそこではいまだれの呼吸が脈打っているのか

訪れたもの

浄水場の前で車を降りた。そこから墓地までの距離にはいくつかの廃屋があり、その一番遠い端の廃屋の前をいまいない人の影が通り過ぎる。それから、わたしたちは粘土の坂道をのぼり、いつもの桜の木の下の曲がり角であなたの姿は後背に青白い光を残して消えた。
こうして坂道と桜の木の下のむこうにはいつでもたどることのできない闇が運ばれてくるのだ。

ここが、「ここ」から不意に分離されてしまうこと、
あなたの姿はそこで見えないものとなってふるえていたのでしょう、
水音のむこうに聞きとれないかすかな静寂を聴いていたのでしょう、

残されたエコーのなかにこの身をさらして、
そこに訪れたものの小さな鼓動だけを記して、
わたしたちは別の宇宙にいたのかもしれない。

*

目覚めているのとは紙一重の状態で、
わたしたちは別の宇宙にいたのかもしれない。

空域

故室井光広に

呼び出されるままにだれもいない場所に佇んでいた
杖をつき、わたしは損傷したままの脚を引きずり歩いていた
空を光りながら移動する黒い磁力のようなもの
雨雲のむこうにふるえながら隠れているもの
……………………………

前の日六角堂の下を通り抜けた　その水音のむこうにかすかな静寂
を聴いていた　そこを訪れたもののふたつのちいさな鼓動をわたし
はノートに記していた

あの日立ち去ったものの息にふれてわたしたちはここまできたのだ

二つの声

彼は、と書き、私は、と書いた。ある、ない、ある、ない、の瞬時の交替劇。だから、こう書いてもいいはずだ。どこかでたえず二つの声が聞こえたはずだ、と。川にたらした左腕が紫にすきとおる——だれの息が、ここにやってきたのか。

ひとしきり屋根に滴の散る音がした。——はぐれてしまった「姉」。

おまえは蓮華寺坂の向こうを見つめていた。

いなくなる。大気が黄色に変った。おまえはいなくなる。窓に炎がうつって踊っていた。空間の曲率が変った。ゆっくりと死んでゆくこと。昨夜の闇が流れこんできた。ゆっくりと死んでゆくこと。それからおまえはなにを見たか。短く吸われる息のなかに立ち竦んだ。それから二つの影が白光りするアスファルト道を歩いていた。目はおののいてもいたはずだ。一点のしみ。生きていること を許して下さい。

おまえは蓮華寺坂の向こうを見つめていた。

いなくなる。大気が黄色に変った。

放心のなかで、なにを恥じらっているのか。


……………………………………


鏡がめざめた。はにかむように潮風が懺悔しています。

(こころにも致死量というものがあるので)

窓際のグラジオラスは幽霊を育てています。

葬送

銀色のかたつむりの亡霊が青く発光しながら八つ手の葉っぱの裏を動いている

あれは死んだあとの宇宙の「かたち」だろうか

呼吸を整えようとして……雨を待った　東の空が赤茶けてきたのは
だれの夢の続きだろうか

人の姿が雨や雲になるところ
いまこの場所からさまよい出したものがいるのだ
(時間の外にはみだしてしまった)
瞳に一面のチガヤの穂が映った

残されて

影の分子と光の分子が混じり合いつついで逆流しまた分離しながらそれぞれのあるべき場所に収まっている。それがこの詩の「はじまり」なのだ。

声が触れうるものを越えたところで、君は倒れた。這いずりまわった泥と草が、そのせつな君に一瞬の陶酔をもたらした。それから呼吸が穏やかになった。あえいでいたのはあなたかもしれない。

頭上を雨雲が通り過ぎた。傍らに横倒しになった自転車の車輪が見えた。

皺寄った皮膚のくぼみにいなくなった馬の瞳が動いている。そこにもの言えぬ口を運んでいた。

それから立ちあがり降りそそぐ雨のなかを足を引きずりながら帰ってきた。

泣いていたのはわたしかもしれない。

あえいでいたのはあなたかもしれない。

足裏の大気が黄色に変った。しきりに揺れる水草が、空に光のしぶきを飛ばしている。
そこを白い息が動いていた。

……………

生まれようとして、
あなたはたったいま立ち去ったばかりのこだまのようだ。

滞留

「リノリウムの床を動くものがある」

テーブルの上で跳ねかえる雨のばりばりいう音。

「リノリウムの床を動くものがある」

おそらくは、こうして近づいているのだろう。

「呼吸を整えようとして…」

「呼吸を整えようとして…」　「雨を待った」
「目に見えぬ灰の襲来…」「そのくるしい息の音と、暁方になく山鳩の咽を鳴らす声」
「それからその人の唇がゆっくり開いてゆくのを、わたしは、息を詰めて見つめていた」

わなないている、音もなく破裂するその場所で、燃えながら窓が落下してゆく——断面を切って、だれがいまそこを通ったのだろう、……崩れ去り、いま飛び散ったばかりの声。耳が消えた。声が消えた。ここ、寄せ集められたさまざまな音や映像のあいだで、呼び、叫び出し、接近不能な陥没点へむけて、獣じみた二つの影が移動している。だれが（なに

が）倒れたのだろうか、そこで。口ひとつきけず身をひきつらせたまま
なにが進行していたのだろうか。
回転する扉のむこうで、夜はそこからだれにも聞こえない叫び声を送り出していたのだ。

病いによって解き放たれてゆくものがあり、犬の遠吠えのような夜を過して、ふるえるからだが、椿の散ったあとの部屋にいた。砕け散った窓硝子に手をふって、わたしが倒れたところ、窓の外側には円い月がひかり、窓の内側にも同じ月がひかっていた。
ごく近くに在って、たえずかなたからやってくるもの。

……………………

その朝にあなたはみぞれの声のする方へ歩いて行った。

わたしは夜明けの迷い子となって帰ってきた。

腹話術

いるのにいないものの広さに気付かされたとき、わたしたちははじめてここにいることの、生き残されたものの、かなしみといいたたまれなさに突き動かされるのではないでしょうか。

そんなふうに空を見ていたのです。

すこし曇った空からは小さな石英の薄片のようなものが降り続けていました。

泣いていたこと、沈黙を運んでここに立っていたこと。
川むこうからやってくるあなたの呼吸を通り抜けながら、
ここで、
わたしは、

眠りに就こうとしていたのかもしれません。

口を開こうとしていたのかもしれません。

この場所はこまかくふるえやがて破れてとびちってゆく青い空間のようです。沢ぐるみの木が折れて、砂利道で小枝が傷ついた鳥みたいに騒いでいました。山裾を二台の車がレモン色の目を光らせながら動いていました。

手紙を出すということは、その人が行方不明になることです
そこにいないだれかを地上にさまよわせるということです
川岸はわたしがそこからいなくなる場所なのでしょうか

影を吐き出す石

閉じてしまった唇から、漏れてくることばに、わたしは最後のことばを刻み込もうとした。だが、そこにはだれの意識がともるのか。暗闇に夥しい星が集まっては、散ってゆく。世界はいつどこからでも破滅するのだ。窓の外に一瞬、白い閃光が走るのを見た。わたしはなにかのことばを呟いた。

手がにわかに硬直して、影が喘いだ。焼かれている貌と水面のうえを走る焰のまぼろし。

あのとき、だれの目がここに来ていたのか。ひん曲がった鉄骨のむこうに青い海が見える。

黒く焼け焦げた木彫の幹のうえで、木彫の鳩が鳴いている。

（わたしは許しを乞うていたのだろうか）


……………………


影を吐き出す石。

正午《まひる》の光の下で喘いでいるのはだれ。

前世

薄く裂けた、薄く裂けて、絶句したままの顔を残し、見えない飛跡を描いている。この世にはいない人の文字の残光。離れながら、遠くから返信することだけがいまは可能だ。ときどき空が緑色に見えた。逆光を浴びたひまわりの周りにはいくつもの光の暈ができていた。杖をふりかざす物乞いの男の影とともに、わたしの影もその男の消えた橋の方へと歩いている。そこに臨月の瞳が動いている。こうして百年が経ったのだ。そのどこにわたしは顕れていたのだろう。雨滴のむこうにあかりのついたプラットホームが見えていた。防波堤の切れ目に川が見えた。小さな階段が河川敷の公園にむかって下りている。まん中にこんもりした夾竹桃の樹があり、その下に蹲ったことを覚えている。岸の柳につかまって水際をのぞきこんだ。血まみれの指を川に浸して洗った。それから膝を折って地面に坐りこんだ。肩で息をつきしばらくそのままの姿勢でふるえていた。逃げていたのかもしれない。逃げてきたのかもしれない。あのとき分厚い雲からは光が染み出て絡むような暑さが感じられた。四つ足になって警官が二人防波堤のうえを動いていた。水門の陰にわたしは身を潜めていた。「行き場がない」という声が聞こえた。揺れる枯草が眩しく光のしぶきを飛ばしている。空気が白い数珠玉のように跳ねた。「なにをした、なにをした」と叫んでいるのは、母の声だろうか。なにが起こったのだ。その意味がわかるということはどういうことなのだ。耳は遠いサイレンの音を聴いていた。だれの影がそこに佇っていたのか。

前世。わたしのいないところで息づいている風景。

夜明けの
窓に、
火事の光が
忍びこんでいる。

dumb

わたしには星の形をした花のそばの湿った草の上に横たわっている姉の姿が見える。そこで苦悶に打ち震えているものの声が聞こえる。わたしがここにいないあいだに、わたしがここを留守にしているあいだに、何年が経ったのだろうか。時はどのように流れたのだろうか。dumb。頭の中で声が弾けた。ここは避難場所で、避難場所ではない。（穴のまわりで）宙を飛び跳ねている猫がいる。

そいつは橋のまん中で立ち止まり、あるいは川向こうの線路を電車がゆっくりと走ってゆくのを眺めている。そいつは教会のくすんだ壁を背にして立っている。わたしの方へ近づいてきているのだろうか。それともわたしから遠ざかっていこうとしているのだろうか。手を伸ばせば、手が消える。声はこの夜の闇を渡っていけない。

火のようにわたしのてのひらを焼く文字がある。dumbは二重身だろうか。姉の亡霊だろうか。妖しく人を招くように竹林の奥の暗がりからチョロチョロと水の流れる音がする。この水音の中でどのような夜が過ぎていったのだろうか。
やがてこんもりとした樅の木の上空が白ばみ、鐘が鳴った。ふいに思う。あなたの歩いていったところへわたしは歩いていけない。いまは薄明の、この百年の待機の時間がすべてだ。野原のはるか上、明るい天空の雲の真下を恍惚と飛び回っているものがいる。鐘の鳴る丘の上から、あなたは熱いものを運んできた。その恍惚の果てには、なにがあったのか。

すぐりの垣根の向こうに川が流れていた。そこに佇つと、だがわたしは思うように息ができない。舌がもつれる。dumb。これは舌の処刑だろうか。ここにはわたしの入り込めない場所がある。このまなざしからいまは遠く離れなければ――。胸が高なり、こめかみが鋭く痛んだ。

ここに立ち戻るたびに、わたしにはわたしの姿が見えなくなってゆく。

dumb ①（発声器官の障害により）物の言えない、口のきけない。
②〔驚き・恐怖などで〕（一時的に）物も言えない。
③黙して語らない、無口な（silent)。

降りてくる息

わたしが何だというのでしょうか。遠いところから現れて、わたしをいつも呼び続けていた声が、ここにいるわたしの躰を半透明にさせているものが、このわたしの躰を衰弱に導いたものが、いまどこにも見つからない。畑で風がうたうように喋っていた。

ふと玄関の硝子戸のあたりから逃げてゆく青いものがある。道端でこわれた自転車を修繕している人や幽霊とともに林檎畑へ消えてゆく人。森の入口には綿のはみ出た薄汚れた蒲団が捨ててあった。そのうえを覚束なげに蝶が飛び、眼の中で赤く滲んだ何かの花が揺れている。わたしは知るべきではなかったか。ここからはもうどこにも行けないのだということを。そのためにもうわたしではなくなった貌がここを歩いているのだということを。
いまも、
白い息を吐きながら、
わたしを呼んで、
沼のあたりに立ち騒ぐ光があるのだ。

あの場所でいつも行方不明になった声を追いかけていたのだろうか。

鏡の中から追いかけてきた影が、猫の成れの果てのような醜怪な影がいくつもいくつも畑のうえを跳んでいる。誰もいないのだ。いや誰かがいるのだ。誘われるようにここにやってきた。足をとめ、水のしたたりのなかで聞き耳を立てていた。頬や剝きだしのふくらはぎに熱を感じた。闇にかがみ込む二つの影とカヤツリグサをかき乱す風のざわめき。ごうっという音の中で喘ぎ喘ぎ風は何かを知らせようとしていた。あなたはどこへ隠れたのか。母はどこへ隠れたのか。地面を引っかくひづめの音。水鳥の羽音がいきなり水面を打って突然に止んだ。十二所――丘の上の礼拝堂の薄ぼんやりした青白い影が闇の中に浮きあがった。

降りてくる息――ここではまだすべてが押し黙っている。

どのような波動が、届かない声と声のあいだを駆け抜けていったのでしょうか。

隕石が…

……目を開いたとき、あじさいが雨の窓辺で光っていた
……目を開いたとき、東の空がいま出血したばかりのように赤く染まっていた
そのとき、ああ隕石が降ってくる、とわたしは思った

……………………………………………

わたしは口を開こうとしていたのかもしれない

わたしは口を開こうとしていたのかもしれない

目覚めたとき、色褪せた絨毯のうえには手のかたちをしたふたつの影が動いていた。
そこに朝の白い光が流れていた。

終わらない時間

過去と未来のいくつもの瞬間を薄片状に裁断《スライス》する
乳房から光は滝のように流れ落ちる
　　　　（ねむの木の下でぱちゃぱちゃいう水の音
陰画のなかで、たしかにわたしたちは消えたことがあったと思う
　　　　（それは消えるための装置なのだから
わたしたちは丘のうえから挨拶を送る
地上では一羽の鳥がとまったり飛び跳ねたりしている
　　　　（これもまた小さな光の裂け目だろうか
ふくらみはじめたすいかずらの花と、さかりのすぎたツツジのむこうで、

よみがえり

一瞬魔法の杖にふれたかのように
さわぐるみの木の下から
風が巻き起こる
そこがわたしたちの再び出会う場所だろうか
無人駅のこちら側
ずぶ濡れで一人残された窓のこちら側
半開きになったドアは
まだ海にむかって開かれたままだ

丘のうえ

こだまが木々の間を流れてゆく。対岸からは遠くわたしの名前が呼ばれている。鏡のカケラのようなキラキラした水たまりが、ボンネットバス（秋北バス）の光を映し、空中に浮かんでいる。あれは奇跡のようにあの世に向かって開いた窓だ。

――おまえはだれに呼ばれて、ここまで来たのか。

大きくひとつ息をはき、わたしは頭をふって目をあける。ここで五十年の月日が過ぎたのだ。

同じ場所に立って、きのうの空ときょうの空が、互いの姿を求めて呼び合っている。

わたしは深く息をしずめていた。消え去るために歩いていた。〝精霊《デーモン》〟の立っている場所には、あのときどんな風が吹いていたのだろう。この耳は感じることでなにを見てしまったのか。まどろみのなかの蝶の乱舞。川向こうの神明社の方からは夥しい鴉の鳴き声が聞こえていた。そのむこうに花輪線の光る線路が見えていた。声を出せば、いつでもそこに幽霊のように立ち帰ってくるものがいるのだ。ここに生み落とされて、声とは、なに……。そこに降り積もっているものの影とは、なに……。

おまえは、本当に、そこにいたのか。

光る道には、いつのまにか雪が降っていた。そこにいくつもの足痕が乱れていた。赤いマフラーや破れた長靴がころがっていた。そのとき耳は姉の悲鳴を聞いていた。その走り去る後ろ姿を見つめていた。丘のうえ、降りしきる雪のむこうにぼうっと姉のいる白い建物が浮かんでいた。

風の泣くところ

姿は見えないのに、すぐそばで沈黙しているものがいる。
そのひとの呼吸に合わせて、風景は伸びたり縮んだりする。

ない家と、草のなかに隠れている道。それから川の方へ、小さな郵便局の角を曲がった。坂道をのぼり、木の下道を隠れるように歩いていた。そこに漂い出す顔。あのとき、破れ放題の窓ガラスはなにを映していたのだろうか。

ここでわたしの声はなぜかすれるのか。
分裂することは、ここを生き延びてゆくもう一つの姿だろうか。

丘も木々も白い爆発をくり返しているあのあたり。（穴）、ブランク。濡れた顔が呆然と雨の映画館を抜け出てきた。声を喪った仮面のうしろ側、現れては消えてゆく、（その間隙に）山裾の空は川を映して泣いていた。

人の影のようなものが振り返るところ、走るようにオーロラがやってきて、その流れるような光の帯が病院の朝の廊下を駈けてゆく。カトレアの窓から夥しい線を曳いて、猫の目が光りながら蒼い硝子のなかを泳いでゆく。死魚の腹のようなもの。アボカドの生臭い皮膚をなめている舌。ビールの空き缶やタバコの吸殻やコードの束が散らばる部屋で、わたしはかすかな死臭をかいでいた。柵の外、夜の庭が発光する痛みに耐えかねて……、遠く木の泣くところ、風の

泣くところ、川のほとりで、わたしは、佇ちどまる色彩の傷ついた
声を歩ませていた……

（穴）が吐き出す息、宇宙の際で、遠いどこかでこわれている窓。

流れ出し、たえず働きかけてくるこの間隙、鼓動するものの表面に
わたしは燃えあがる色彩のように捨てられていた。

風の泣くところ、遠く木の泣くところ。

こちら側ではまだ蝶の羽をふるわせる夏が騒いでいた。

ふたりであるもの

著者
吉田《よしだ》文憲《ふみのり》
発行者
小田久郎
発行所
株式会社思潮社
〒一六二－〇八四二　東京都新宿区市谷砂土原町三－十五
電話〇三（五八〇五）七五〇一（営業）
〇三（三二六七）八一四一（編集）
印刷・製本所
創栄図書印刷株式会社
発行日
二〇二一年九月一日